THE PIRATE PARADE
EL DESFILE DE PIRATAS

By Lola Parks • Illustrated by Jason Fruchter

A Random House PICTUREBACK® Book

Random House 🏠 New York

rhcbooks.com

ISBN 978-0-593-48294-0 (trade)

Printed in the United States of America

10 9 8 7 6 5 4 3 2 1

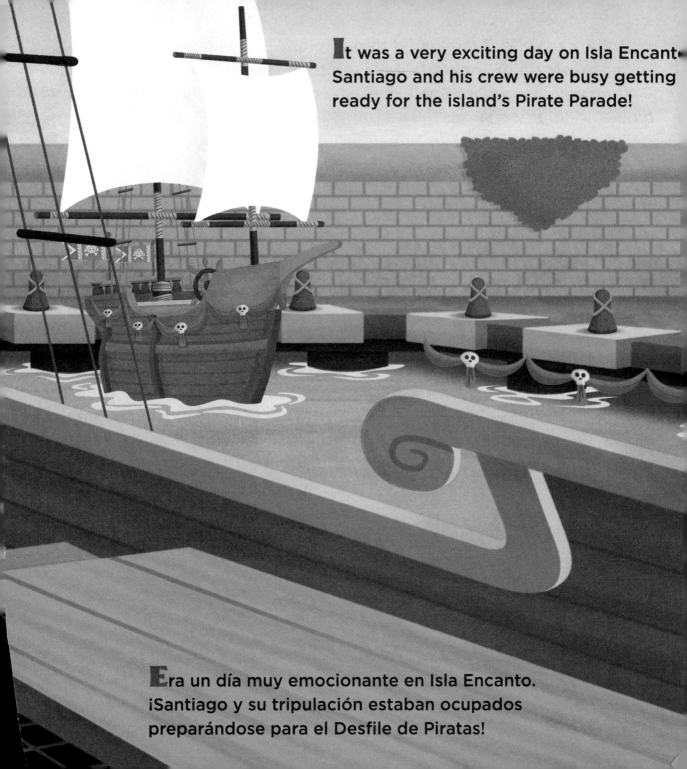

It was a very exciting day on Isla Encanto. Santiago and his crew were busy getting ready for the island's Pirate Parade!

Era un día muy emocionante en Isla Encanto. ¡Santiago y su tripulación estaban ocupados preparándose para el Desfile de Piratas!

But Escarlata la Pirata had different plans. . . .

"I can rain on their parade, take the ships, and lead my own parade!" Casting magic from her Spell Shell, she chanted, *"When storm clouds blow, the ships won't go!"*

Pero Escarlata la Pirata tenía otros planes. . . .

—¡Arruinaré este Desfile de Piratas! ¡Tomaré los barcos y seré la líder de mi propio desfile!

Lanzando magia de su Caracol de Hechizos, cantó:

—*Nubes de tormenta sonarán, ¡y los barcos no zarparán!*

People gathered to hear Santiago announce the start of the parade.
He noticed dark clouds forming overhead.

"A storm!" cried Santiago. "Everyone run for cover!"

La gente se reunió para escuchar a Santiago anunciar el comienzo del desfile. Pero él notó que unas nubes negras se formaban sobre sus cabezas.

—¡Una tormenta! —gritó Santiago—. ¡Todos corran a cubrirse!

"That's strange," said Santiago. "The rain is purple!"

"*¡Caracoles!*" added Tomás, pointing to the harbor.

"Someone's stealing the ships, including *El Bravo*!"

—Qué extraño —dijo
antiago—. ¡La lluvia es
norada!

—¡Oh no! —agregó
omás, señalando hacia
l puerto—. ¡Alguien se
ɔba los barcos, incluso
l *Bravo*!

Santiago looked through his spyglass to see what was happening.

Santiago miró a través de su catalejo para ver qué pasaba.

"It's Escarlata!" he shouted. "We've got to stop her and get those ships back!"

—¡Es Escarlata! —gritó—. ¡Tenemos que detenerla y recuperar esos barcos!

"But how will we catch up to her?" asked Tomás. "We don't have *El Bravo*!"
"I know—let's take Abuelo's schooner," said Santiago. "All aboard, mateys! Adventure awaits!"

—Pero ¿cómo la alcanzaremos? —preguntó Tomás—. ¡No tenemos *El Bravo*!
—¡Lo sé! Usemos el velero de Abuelo —dijo Santiago—. Todos a bordo, amigos. ¡Nos espera una aventura!

Santiago came up with a plan. "Tomás, we're going to need some extra wind to catch up to *El Bravo*," he said.

Tomás played a Power Chord on his Magic Guitar. The schooner's sails caught wind, and it sped ahead.

Santiago propuso un plan.

—Tomás, vamos a necesitar más viento para llegar hasta *El Bravo* —dijo.

Tomás tocó un Acorde de Poder en su Guitarra Mágica. Las velas del barco se inflaron y la nave aceleró.

Escarlata saw them and summoned her jellyfish to slow down the Pirate Protectors.

Escarlata los vio y llamó a sus medusas para detener a los Piratas Protectores.

"Lorelai, you go underwater and take care f the jellies," said Santiago. ll go rescue the ships." "Aye, aye, *capitán*!" plied Lorelai.

—Lorelai, ve debajo el agua y ocúpate de las edusas —dijo Santiago—. o iré a rescatar los barcos. —¡Sí, mi capitán! —respondió orelai.

Santiago turned to Tomás. "*Primo,* I hereby name thee captain of the schooner!"

Tomás was nervous.

"You can do it!" said Santiago. "Remember, good pirates always do what's right."

"Let's do this!" said Tomás.

Santiago miró a Tomás y le dijo:

—*Cousin,* ¡te nombro capitán del velero!

Tomás se puso nervioso.

—¡Tú puedes hacerlo! —aseguró Santiago—. Los buenos piratas siempre hacen lo correcto.

—¡Hagámoslo! —dijo Tomás.

Meanwhile, Lorelai dove off the ship and chanted,
"Bracelet of pearl, to mermaid from girl!"
She turned into a mermaid and splashed into the
water. Lorelai sang a powerful mermaid high note.

Mientras tanto, Lorelai se tiró del barco y cantó:
—¡Perlas de mar, quiero volver a nadar!
Así, se transformó en una sirena y se sumergió
en el agua. Lorelai cantó una poderosa nota alta
de sirena.

It stunned the jellies, and they floated to the surface. Santiago hopped onto the sleeping jellies and rode them to the first ship.

Aturdidas, las medusas flotaron a la superficie. Santiago fue saltando sobre ellas para alcanzar el primer barco.

Once on the deck, Santiago had an idea. "We can use my Extend-o-Rope to tie the ships together!" Then he could bring all the ships back to port.

Una vez en cubierta, Santiago tuvo una idea:

—¡Podemos usar mi cuerda mágica para atar los barcos juntos!

Así puede traerlos todos de regreso al puerto.

"Hold on tight, Kiko!" he yelled, jumping to tie his line to the second ship.

—¡Agárrate bien, Kiko! —gritó, saltando para amarrar su cuerda al segundo barco.

Santiago quickly made his way up the line of ships until he arrived at the one that was just behind *El Bravo*.

"Escarlata, unhand these ships!" he shouted.

Santiago avanzó hasta llegar al barco que estaba justo detrás de *El Bravo*.

—¡Escarlata, suelta esos barcos! —gritó.

"Sorry!" Escarlata shouted back. "There's only one leader of this parade, and that's Escarlata la Pirata!" Then, with another spell . . .

—¡Lo siento! —respondió Escarlata—. ¡Hay sólo una líder de este desfile y es Escarlata la Pirata!

Luego, con otro hechizo . .

. . . the ship's ropes magically tied up Santiago!

. . . ¡las cuerdas del barco mágicamente atraparon a Santiago!

Luckily, a little crab crawled over to lend him a helping claw. Santiago was able to summon his Magic Sword and break free. *"¡Gracias, cangrejito!"* said Santiago.

Por suerte, un pequeño cangrejo se acercó a ayudarlo con su pinza. Santiago pudo usar su Espada Mágica para liberarse.
—*Thanks, little crab!* —dijo Santiago.

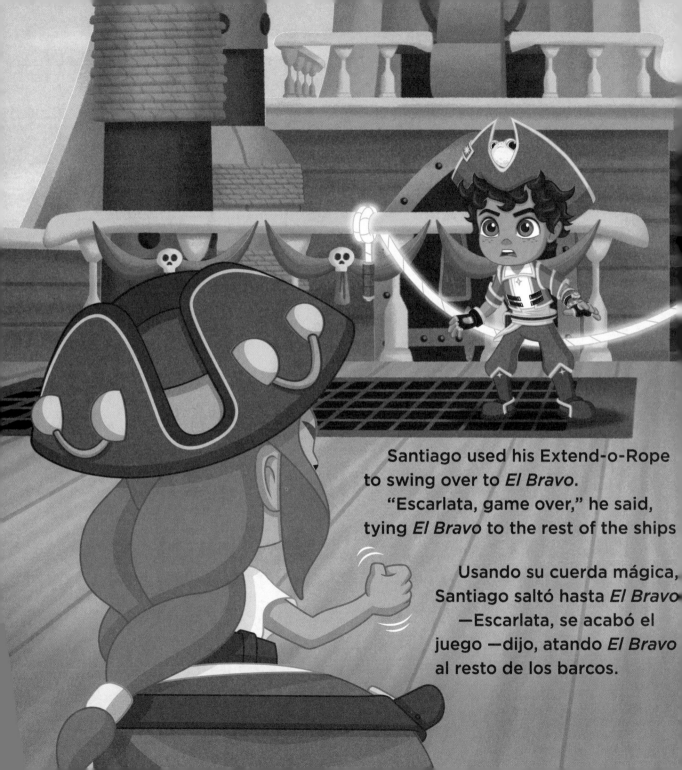

Santiago used his Extend-o-Rope to swing over to *El Bravo*.

"Escarlata, game over," he said, tying *El Bravo* to the rest of the ships

Usando su cuerda mágica, Santiago saltó hasta *El Bravo*

—Escarlata, se acabó el juego —dijo, atando *El Bravo* al resto de los barcos.

But Escarlata used her Spell Shell to
summon a giant whirlpool, and Abuelo's
schooner was pulled into the current.
   "Santi! ¡Ayúdanos!" Tomás cried from
the schooner.
   "I'm coming, mateys!" called Santiago.
   As Santiago raced to Abuelo's
schooner, Escarlata dove into the sea.

Pero Escarlata usó su Caracol de Hechizos para crear un
remolino gigante que arrastró el barco de Abuelo hacia la corriente.
   —¡Santi! *Help us!* —gritó Tomás desde el velero.
   —¡Ya voy, amigos! —contestó Santiago.
   Mientras Santiago corría hacia el velero de Abuelo, Escarlata se
lanzó al mar.

Suddenly, Escarlata and her pirate ship emerged from beneath the sea. She tried to lead the parade again, but Santiago blocked her with his line of ships.

De repente, Escarlata y su barco pirata emergieron de debajo del mar. Ella trató de liderar el desfile nuevamente, pero Santiago alineó sus barcos para impedirlo.

"Tomás!" called Santiago. "You can't fight the current—you have to turn around!"

—¡Tomás! —gritó Santiago—. ¡No puedes luchar contra la corriente! ¡Tienes que dar la vuelta!

Using all his strength, Tomás steered Abuelo's schooner away from the whirlpool and caught a wave that sent Tomás and Lorelai flying over Escarlata's ship.

"¡Adiós, brujita!" shouted Tomás.

Usando toda su fuerza, Tomás dirigió e velero de Abuelo lejos del remolino y una ola los llevó volando sobre el barco de Escarlata.

—*So long, little witch!* —gritó Tomás.

Santiago sailed after his friends, bringing all the stolen ships with him.
"No! My Pirate Parade!" cried Escarlata as the swirling current swallowed her ship.

Santiago navegó hacia sus amigos, remolcando todos los barcos robados.
—¡No! ¡Mi Desfile de Piratas! —gritó Escarlata llorando mientras el remolino se tragaba su barco.

Tomás steered *El Bravo,* leading the ships back to Isla Encanto. The people of the island greeted them with cheers and applause.

Tomás condujo *El Bravo,* encabezando el resto de los barcos de regreso a Isla Encanto. La gente de la isla los recibió con vivas y aplausos.

"I'm leading the Pirate Parade!" exclaimed Tomás.
"You've proved yourself to be a most capable captain," said Santiago.

—¡Estoy liderando el Desfile de Piratas! —exclamó Tomás.
—Has demostrado ser un estupendo capitán —dijo Santiago.

It had been another awesome pirate adventure. *¡Piratas ahoy!*

Había sido otra increíble aventura de piratas. ¡Piratas ahoy!